folio benjamin

W0359124

Pour papa dans son île – M. F.

Pour ma chère amie Maggie – J. D.

TRADUCTION D'ANNE DE BOUCHONY

ISBN : 2-07-054786-8
Titre original : *Eek ! : Mermaid Island*
Publié par Grosset & Dunlap Inc., membre du groupe
The Putnam & Grosset, New York
© Margaret Frith, 1997, pour le texte
© Julie Durrell, 1997, pour les illustrations
© Éditions Gallimard Jeunesse, 1998, pour la traduction française,
2002, pour la présente édition
Numéro d'édition : 02965
Loi n° 46-956 du 16 juillet 1949
sur les publications destinées à la jeunesse
Dépôt légal : février 2002
Imprimé en Italie par Editoriale Lloyd
Réalisation Octavo

Margaret Frith · Julie Durrell

Mystère dans l'île

GALLIMARD JEUNESSE

Nous voilà arrivés ! Sur une petite île au milieu de nulle part. Mon père, ma mère, et moi. Mon père est journaliste pour le magazine *Partir*.

Chaque été, nous partons pour des endroits vraiment super. Cette fois, c'est un coin génial et chaud. L'île de la Sirène. C'est moi qui l'ai choisie car j'aime bien le nom.

Je me réveille et regarde
par la fenêtre. Je vois quelqu'un
en train de nager. C'est une fille.
Elle est rousse. Elle nage vraiment
vite. Elle plonge.
Ouaouh ! Comme elle reste
longtemps sous l'eau !

Je descends à la plage
en courant.
C'est trop tard.
Je l'ai ratée.

Le lendemain, je la revois.
Elle nage avec quelqu'un d'autre.
Deux têtes rousses sur un fond
de mer bleue.

C’est peut-être sa mère. Je descends en courant à la plage. Je crie :
– Ohé ! Mais elles sont trop loin pour m’entendre.

Plus tard, je rencontre un homme sur la plage.

– Bonjour, dis-je. Je suis Juliette. Connaissez-vous la fille aux cheveux roux ? Elle nage ici tous les matins.

Il sourit.

– C'est ma Léa. Nous habitons ici. Je vais lui dire de venir te voir.

– Super ! dis-je. Nous sommes
ici pour toute la semaine.

Cet après-midi-là, il fait trop chaud pour aller à la plage. Je me repose sous la véranda. J'entends quelqu'un arriver. J'ouvre les yeux. Des yeux vert d'eau me fixent.

– Bonjour, je suis Léa.
Papa m'a dit que tu me cherchais.
– Salut, je suis Juliette.
J'espérais que tu passerais.
Léa porte un tee-shirt,
un jean, des chaussettes
et des baskets.
Je me demande
comment elle supporte
tous ces vêtements
par cette chaleur.

Je lui demande si elle veut nager.
– Euh… je ne peux pas, répond Léa. J'ai attrapé un coup de soleil.
Bien, cela explique le jean.
– Allons chercher des coquillages, propose-t-elle.
– Super ! dis-je. J'adore les coquillages. J'aimerais en rapporter quelques-uns chez moi.
Léa porte autour du cou un ravissant coquillage accroché à un ruban.
– Je n'en ai jamais vu de pareil, dis-je.
Léa me répond que c'est un coquillage siffleur.
– Ils sont très difficiles à trouver, ajoute-t-elle.

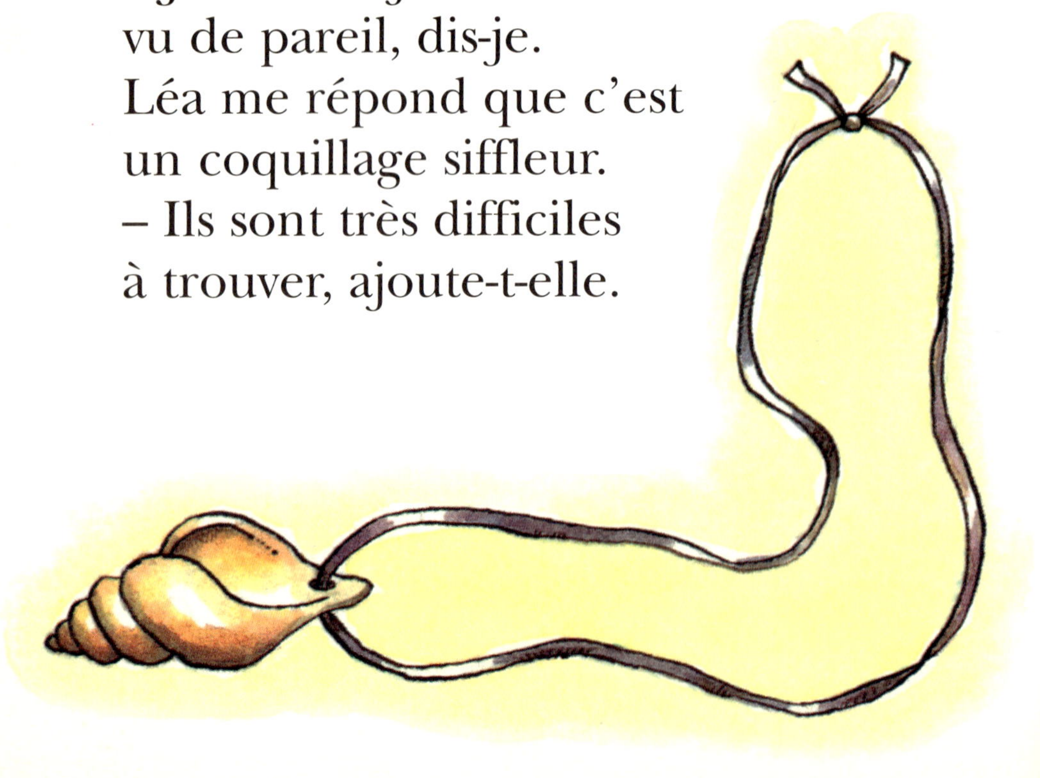

– Crois-tu que je puisse
en trouver un ?
– Je ne sais pas, dit Léa.
C'est maman qui m'a donné celui-là.
Mais elle habite assez loin d'ici.
C'est pourquoi je ne la vois
pas beaucoup.
Bizarre. Cette dame qui nageait avec
Léa avait les mêmes cheveux roux.

– Mais ce n'était pas ta mère qui…
commencé-je à dire.
Mais Léa regarde brusquement
au loin.
– Oh, Juliette, dit-elle en courant
le long de la plage. Regarde,
une patte-de-lion !
Je cours après Léa.
Je ne pense plus à sa mère.

Le lendemain, Léa revient.
Il fait toujours aussi chaud.
Et maintenant,
elle est en survêtement.
– Salut, dis-je. Tu serais d'accord pour aller nager ?
Léa secoue la tête.
– Je ne peux pas. J'ai toujours mal aux jambes. Construisons des châteaux de sable.
C'est ce que nous faisons.
Léa est une experte.

Elle me montre comment laisser
glisser le sable mouillé entre
mes doigts.
Nous faisons de grandes tours.
Nous creusons des souterrains
et des douves.
– On dirait un château magique,
dis-je.
Léa prend une expression rêveuse.
– Une fois, maman m'a emmenée
dans un château comme celui-ci.

Nous restons sur la plage pendant des heures. Nous nous amusons tellement ensemble !
Le soleil décline. Je demande à Léa si elle peut venir dormir à la maison.
– Je vais demander à mon père.
Son père accepte !
Elle arrive à temps pour le dîner. Il y a du poisson.
Léa regarde son assiette.
Elle ne touche pas au poisson.
– Je prendrai seulement des légumes, dit-elle à ma mère. J'espère que cela ne vous ennuie pas.

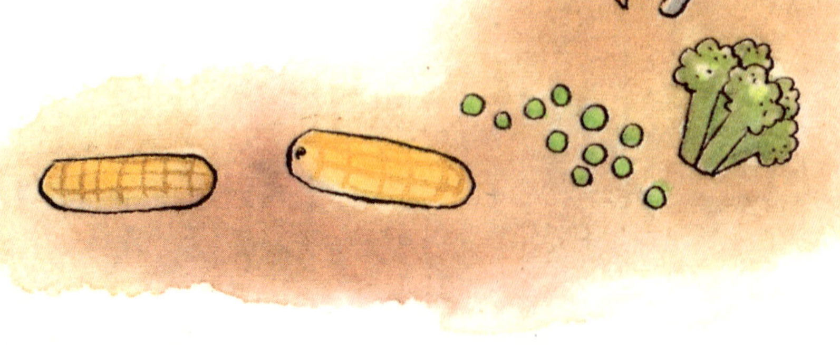

S
P

Plus tard, nous nous préparons
à aller au lit.
Léa prend d'abord un bain.
Elle reste très longtemps
dans la baignoire.
Je l'entends s'éclabousser en chantant.

Puis c'est à mon tour.
Il y a de l'eau partout.
Et c'est étrange. Je vois de petits morceaux de quelque chose qui brillent dans la baignoire.
Je les ramasse.
Ils ressemblent aux écailles argentées d'un poisson.
J'aime beaucoup Léa. Mais il y a des choses que je ne comprends pas…

Le lendemain matin, il pleut.
Léa me demande
de l'accompagner chez elle.
Sa chambre est géniale.
Les peintures sur les murs
rappellent le fond marin.
Il y en a même
sur le plafond.
C'est comme si on
était sous l'eau. J'ai
l'impression de nager
au milieu des poissons.
J'adore ça !

Nous passons la journée à peindre.
Les dessins de Léa sont magnifiques
et vraiment originaux.
Elle peint toutes sortes de poissons
que je n'ai encore jamais vus.
Et des sirènes nageant autour d'îles
submergées.

– Oh, Léa, tes peintures semblent tellement vraies ! J'ai l'impression de regarder un film.
Léa m'en offre une.
C'est vraiment une bonne amie.

La semaine passe trop vite.
La pluie cesse. Mais le soleil
ne réapparaît pas.
Cela m'est égal. Chaque jour, Léa
nous trouve une nouvelle
occupation.
Nous explorons
une grotte.

Nous partons avec son père
dans un bateau à fond en verre.
Elle me montre une cascade.

Finalement, le soleil revient.
C'est la veille de notre départ.
Et je suis triste.
– Aujourd'hui, je veux
te montrer mon coin favori,
dit Léa.
Nous allons le long
de la falaise, sur une
colline escarpée.

L'océan nous entoure
de toute part.
– C'est mon observatoire,
me dit Léa.
– Que guettes-tu ?
demandé-je.
Avant qu'elle puisse
me répondre, j'entends
un gros « plouf ».

Je regarde en bas et je vois
une énorme queue de poisson
plonger dans les vagues.
– Qu'est-ce que c'était ?
demandé-je à Léa.
– Euh… Je ne suis pas sûre.
Peut-être un dauphin, dit-elle.
Je ne réponds rien.

Cela ne ressemblait
pas à un dauphin !
La queue était argentée
et brillante.
Et j'ai pu apercevoir des cheveux
roux. Comme ceux de Léa.
Enfin, c'est ce que j'ai cru voir.
Mais c'étaient peut-être
des algues.

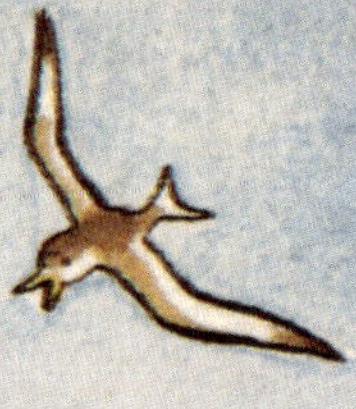

Le lendemain, mon dernier jour,
je descends très tôt à la plage.
Léa doit venir me retrouver.
Les vagues sont très hautes
aujourd'hui.

Léa arrive bientôt. Et, surprise !
Elle est en maillot de bain.
Elle a une serviette autour
de la taille, comme une longue jupe.
– Juliette, cette semaine a été
tellement formidable ! J'aimerais
que tu vives ici toi aussi.

Léa se mord les lèvres.
– Je veux te montrer quelque chose, me dit-elle sur un ton un peu effrayé.
– Quoi, Léa ?
Elle enlève sa serviette.
Je ne peux pas en croire mes yeux !

Les jambes de Léa sont toutes argentées et recouvertes d'écailles, comme un poisson !
J'écarquille les yeux.
– Que t'est-il arrivé ? finis-je par lui demander.
Léa me prend la main.

– Je vais te le raconter, répond-elle, mais, d'abord, allons nager. Maman va venir nous rejoindre. Ensuite tu comprendras. Nous plongeons dans les vagues, l'eau est si bonne !

Je m'éloigne avec Léa.
Il y a beaucoup de vagues,
elles sont très hautes.

Je commence
à être fatiguée. J'essaie
de revenir. Mais les vagues
me portent toujours
plus loin.
Maintenant, j'ai peur.
– Léa, au secours !

Léa me rejoint à la nage.
Elle me soutient et essaie
de me ramener jusqu'au rivage.
Elle est forte. Mais pas assez.
Elle ne peut plus me porter.
Une vague me frappe le visage.
J'avale de l'eau et la recrache.
Je me débats.

Léa a l'air paniqué.
– Tiens bon, Juliette, dit-elle. Ma mère va nous aider.
Elle prend son coquillage siffleur et souffle.
Un long sifflement vole au-dessus des vagues.

Une seconde
plus tard, Léa crie :
– Elle arrive !
Maman arrive !

Quelque chose nage dans notre direction à toute vitesse.

Je sens des bras me saisir.
Je suis portée au-dessus des vagues.

Je sens bientôt le sol sablonneux
sous mes pieds.
Je suis sauvée.
Je plonge mon regard dans des yeux
de la même couleur que ceux de Léa.
– Merci, dis-je.

La dame sourit et se tourne vers
la mer. Je vois les cheveux roux
et la queue brillante plonger
dans une vague.
Maintenant, je connais
le secret de Léa.
Sa mère est une sirène !

Elle rejoint Léa en nageant. Elles me font toutes les deux signe de la main.

– Reviens l'année prochaine ! me crie Léa.

Je fais oui avec ma tête et souris.

– Oui ! Je reviendrai !

Maintenant, je suis de retour
chez moi. Aujourd'hui, je reçois
un paquet de l'île de la Sirène.
C'est de la part de Léa.
Il contient un coquillage siffleur.
Papa dit que c'est un coquillage
très rare. Il se trouve au plus
profond de l'océan.
– Je me demande où Léa
l'a déniché, dit papa.
Moi, je le sais.